지금 알고 있는 걸
그때도 알았더라면

잠언 시집

지금 알고 있는 걸
그때도 알았더라면

류시화 엮음

열림원

그 나이였다.

시가 나를 찾아왔다.

모른다. 그게 어디서 왔는지 모른다.

겨울에서인지 강에서인지

언제 어떻게 왔는지 모르겠다.

아니다. 그건 목소리가 아니었고

말도 아니었으며 침묵도

아니었다. 어떤 길거리에서

나를 부르는 소리였다.

파블로 네루다 〈시〉 중에서
서문을 대신해,
류시화

차례

1

지금 알고 있는 걸 그때도 알았더라면

지금 알고 있는 걸 그때도 알았더라면
내 가슴이 말하는 것에 더 자주 귀 기울였으리라.
더 즐겁게 살고, 덜 고민했으리라.
금방 학교를 졸업하고 머지않아 직업을 가져야 한다는 걸 깨
달았으리라.
아니, 그런 것들은 잊어 버렸으리라.
다른 사람들이 나에 대해 말하는 것에는
신경쓰지 않았으리라.
그 대신 내가 가진 생명력과 단단한 피부를 더 가치있게 여겼
으리라.

더 많이 놀고, 덜 초조해 했으리라.
진정한 아름다움은 자신의 인생을 사랑하는 데 있음을 기억
했으리라.
부모가 날 얼마나 사랑하는가를 알고
또한 그들이 내게 최선을 다하고 있음을 믿었으리라.

사랑에 더 열중하고
그 결말에 대해선 덜 걱정했으리라.
설령 그것이 실패로 끝난다 해도

더 좋은 어떤 것이 기다리고 있음을 믿었으리라.

아, 나는 어린아이처럼 행동하는 걸 두려워하지 않았으리라.
더 많은 용기를 가졌으리라.
모든 사람에게서 좋은 면을 발견하고
그것들을 그들과 함께 나눴으리라.

지금 알고 있는 걸 그때도 알았더라면
나는 분명코 춤추는 법을 배웠으리라.
내 육체를 있는 그대로 좋아했으리라.
내가 만나는 사람을 신뢰하고
나 역시 누군가에게 신뢰할 만한 사람이 되었으리라.

입맞춤을 즐겼으리라.
정말로 자주 입을 맞췄으리라.
분명코 더 감사하고,
더 많이 행복해 했으리라.
지금 내가 알고 있는 걸 그때도 알았더라면.

킴벌리 커버거

행복해진다는 것

인생에 주어진 의무는
다른 아무것도 없다네.
그저 행복하라는 한 가지 의무뿐.
우리는 행복하기 위해 세상에 왔지.
그런데도
그 온갖 도덕
온갖 계명을 갖고서도
사람들은 그다지 행복하지 못하다네.
그것은 사람들 스스로 행복을 만들지 않는 까닭.
인간은 선을 행하는 한
누구나 행복에 이르지.
스스로 행복하고
마음속에서 조화를 찾는 한.
그러니까 사랑을 하는 한…….
사랑은 유일한 가르침
세상이 우리에게 물려준 단 하나의 교훈이지.
예수도
부처도
공자도 그렇게 가르쳤다네.
모든 인간에게 세상에서 한 가지 중요한 것은

그의 가장 깊은 곳
그의 영혼
그의 사랑하는 능력이라네.
보리죽을 떠먹든 맛있는 빵을 먹든
누더기를 걸치든 보석을 휘감든
사랑하는 능력이 살아 있는 한
세상은 순수한 영혼의 화음을 울렸고
언제나 좋은 세상
옳은 세상이었다네.

헤르만 헤세

어느 17세기 수녀의 기도

주님, 주님께서는 제가 늙어가고 있고
언젠가는 정말로 늙어 버릴 것을
저보다도 잘 알고 계십니다.
저로 하여금 말 많은 늙은이가 되지 않게 하시고
특히 아무 때나 무엇에나 한 마디 해야 한다고 나서는
치명적인 버릇에 걸리지 않게 하소서.

모든 사람의 삶을 바로잡고자 하는 열망으로부터
벗어나게 하소서.
저를 사려깊으나 시무룩한 사람이 되지 않게 하시고
남에게 도움을 주되 참견하기를 좋아하는
그런 사람이 되지 않게 하소서.

제가 가진 크나큰 지혜의 창고를 다 이용하지 못하는 건
참으로 애석한 일이지만
저도 결국엔 친구가 몇 명 남아 있어야 하겠지요.
끝없이 이 얘기 저 얘기 떠들지 않고
곧장 요점으로 날아가는 날개를 주소서.

내 팔다리, 머리, 허리의 고통에 대해서는

아예 입을 막아 주소서.
내 신체의 고통은 해마다 늘어나고
그것들에 대해 위로받고 싶은 마음은
나날이 커지고 있습니다.
다른 사람들의 아픔에 대한 얘기를 기꺼이 들어줄
은혜야 어찌 바라겠습니까만
적어도 인내심을 갖고 참아 줄 수 있도록 도와 주소서.

제 기억력을 좋게 해주십사고 감히 청할 순 없사오나
제게 겸손된 마음을 주시어
제 기억이 다른 사람의 기억과 부딪칠 때
혹시나 하는 마음이 조금이나마 들게 하소서.
나도 가끔 틀릴 수 있다는 영광된 가르침을 주소서.

적당히 착하게 해주소서. 저는
성인까지 되고 싶진 않습니다만……
어떤 성인들은 더불어 살기가 너무 어려우니까요…….
그렇더라도 심술궂은 늙은이는 그저
마귀의 자랑거리가 될 뿐입니다.

제가 눈이 점점 어두워지는 건 어쩔 수 없겠지만
저로 하여금 뜻하지 않은 곳에서 선한 것을 보고
뜻밖의 사람에게서 좋은 재능을 발견하는
능력을 주소서.
그리고 그들에게 그것을 선뜻 말해 줄 수 있는
아름다운 마음을 주소서.
아멘.

작자 미상 (17세기 수녀)

내 인생의 신조

나는 지식보다 상상력이 더 중요함을 믿는다.
신화가 역사보다 더 많은 의미를 담고 있음을 나는 믿는다.
꿈이 현실보다 더 강력하며
희망이 항상 어려움을 극복해 준다고 믿는다.
그리고 슬픔의 유일한 치료제는 웃음이며
사랑이 죽음보다 더 강하다는 걸 나는 믿는다.
이것이 내 인생의 여섯 가지 신조이다.

로버트 풀검

만일

만일 네가 모든 걸 잃었고 모두가 너를 비난할 때
너 자신이 머리를 똑바로 쳐들 수 있다면,
만일 모든 사람이 너를 의심할 때
너 자신은 스스로를 신뢰할 수 있다면,

만일 네가 기다릴 수 있고
또한 기다림에 지치지 않을 수 있다면,
거짓이 들리더라도 거짓과 타협하지 않으며
미움을 받더라도 그 미움에 지지 않을 수 있다면,
그러면서도 너무 선한 체하지 않고
너무 지혜로운 말들을 늘어놓지 않을 수 있다면,

만일 네가 꿈을 갖더라도
그 꿈의 노예가 되지 않을 수 있다면,
또한 네가 어떤 생각을 갖더라도
그 생각이 유일한 목표가 되지 않게 할 수 있다면,

그리고 만일 인생의 길에서 성공과 실패를 만나더라도
그 두 가지를 똑같은 것으로 받아들일 수 있다면,
네가 말한 진실이 왜곡되어 바보들이 너를 욕하더라도

너 자신은 그것을 참고 들을 수 있다면,
그리고 만일 너의 전생애를 바친 일이 무너지더라도
몸을 굽히고서 그걸 다시 일으켜 세울 수 있다면,

한번쯤은 네가 쌓아 올린 모든 걸 걸고
내기를 할 수 있다면,
그래서 다 잃더라도 처음부터 다시 시작할 수 있다면,
그러면서도 네가 잃은 것에 대해 침묵할 수 있고
다 잃은 뒤에도 변함없이
네 가슴과 어깨와 머리가 널 위해 일할 수 있다면,
설령 너에게 아무것도 남아 있지 않는다 해도
강한 의지로 그것들을 움직일 수 있다면,

만일 군중과 이야기하면서도 너 자신의 덕을 지킬 수 있고
왕과 함께 걸으면서도 상식을 잃지 않을 수 있다면,
적이든 친구든 너를 해치지 않게 할 수 있다면,
모두가 너에게 도움을 청하되
그들로 하여금
너에게 너무 의존하지 않게 만들 수 있다면,
그리고 만일 네가 도저히 용서할 수 없는 1분간을

거리를 두고 바라보는 60초로 대신할 수 있다면,
그렇다면 세상은 너의 것이며
너는 비로소
한 사람의 어른이 되는 것이다.

루디야드 키플링

두 사람

이제 두 사람은 비를 맞지 않으리라.
서로가 서로에게 지붕이 되어 줄 테니까.
이제 두 사람은 춥지 않으리라.
서로가 서로에게 따뜻함이 될 테니까.
이제 두 사람은 더 이상 외롭지 않으리라.
서로가 서로에게 동행이 될 테니까.
이제 두 사람은 두 개의 몸이지만
두 사람의 앞에는 오직
하나의 인생만이 있으리라.
이제 그대들의 집으로 들어가라.
함께 있는 날들 속으로 들어가라.
이 대지 위에서 그대들은
오랫동안 행복하리라.

아파치족 인디언들의 결혼 축시

잠시 후면

잠시 후면 너는
손을 잡는 것과 영혼을 묶는 것의 차이를 배울 것이다.
사랑이 기대는 것이 아니고
함께 있는 것이 안전을 보장하기 위함이 아니라는 걸
너는 배울 것이다.
잠시 후면 너는
입맞춤이 계약이 아니고, 선물이 약속이 아님을
배우기 시작할 것이다.
그리고 잠시 후면 너는 어린아이의 슬픔이 아니라
어른의 기품을 갖고서
얼굴을 똑바로 들고
눈을 크게 뜬 채로
인생의 실패를 받아들이기 시작할 것이다.
그리고 너는 내일의 토대 위에 집을 짓기엔
너무도 불확실하기 때문에
오늘 이 순간 속에 너의 길을 닦아 나갈 것이다.
잠시 후면 너는 햇빛조차도 너무 많이 쪼이면
화상을 입는다는 사실을 배울 것이다.
따라서 너는 이제 자신의 정원을 심고
자신의 영혼을 가꾸리라.

누군가 너에게 꽃을 가져다 주기를 기다리기 전에.
그러면 너는 정말로 인내할 수 있을 것이고
진정으로 강해질 것이고
진정한 가치를 네 안에 지니게 되리라.
인생의 실수와 더불어
너는 더 많은 것을 배우게 되리라.

베로니카 A. 쇼프스톨

젊은 수도자에게

고뇌하는 너의 가슴속에만
진리가 있다고 생각하지 말라.
모든 마당과
모든 숲
모든 집 속에서
그리고 모든 사람들 속에서
진리를 볼 수 있어야 한다.
목적지에서
모든 여행길에서
모든 순례길에서
진리를 볼 수 있어야 한다.

모든 길에서
모든 철학에서
모든 단체에서
진리를 볼 수 있어야 한다.

모든 행동에서
모든 동기에서
모든 생각과 감정에서

그리고 모든 말들 속에서
진리를 볼 수 있어야 한다.

마음속의 광명뿐 아니라
세상의 빛줄기 속에서도
진리를 발견할 수 있어야 한다.

온갖 색깔과 어둠조차
궁극적으로 아무런 차이가 없다.
진정으로 진리를 본다면
진정으로 사랑하기 원한다면
그리고 행복하기를 원한다면
광활한 우주의 어느 구석에서도
진리를 만날 수 있어야 한다.

스와미 묵타난다 (20세기 인도의 성자)

무엇이 성공인가

자주 그리고 많이 웃는 것
현명한 이에게 존경을 받고
아이들에게서 사랑을 받는 것
정직한 비평가의 찬사를 듣고
친구의 배반을 참아내는 것
아름다움을 식별할 줄 알며
다른 사람에게서 최선의 것을 발견하는 것
건강한 아이를 낳든
한 뙈기의 정원을 가꾸든
사회 환경을 개선하든
자기가 태어나기 전보다
세상을 조금이라도 살기 좋은 곳으로
만들어 놓고 떠나는 것
자신이 한때 이곳에 살았음으로 해서
단 한 사람의 인생이라도 행복해지는 것
이것이 진정한 성공이다.

랄프 왈도 에머슨

도둑에게서 배울 점

도둑에게서도 다음의 일곱 가지를 배울 수 있다.
그는 밤 늦도록까지 일한다.
그는 자신이 목표한 일을 하룻밤에 끝내지 못하면
다음날 밤에 또다시 도전한다.
그는 함께 일하는 동료의 모든 행동을
자기 자신의 일처럼 느낀다.
그는 적은 소득에도 목숨을 건다.
그는 아주 값진 물건도 집착하지 않고
몇 푼의 돈과 바꿀 줄 안다.
그는 시련과 위기를 견뎌낸다. 그런 것은
그에게 아무것도 아니다.
그는 자신이 하는 일에 최선을 다하며
자기가 지금 무슨 일을 하고 있는가를 잘 안다.

랍비 주시아 (하시딤―유태교 신비주의자)

할 수 있는 한

할 수 있는 한 최선을 다하라.
당신이 할 수 있는 모든 수단과
당신이 할 수 있는 모든 방법으로
당신이 할 수 있는 모든 장소에서
당신이 할 수 있는 모든 시간에
당신이 할 수 있는 모든 사람들에게
당신이 할 수 있는 한 오래오래.

존 웨슬리 (기독교 감리교파 창시자)

2

빛

가장 어둔 밤 어딘가에
항상 빛나고 있는
작은 빛이 있다.
하늘에서 비추는 이 빛이
우리의 신이 우리를 바라보는 데 도움을 준다.
한 어린아이가 태어나면
그 아이의 영혼은 그 빛에 밝기를 더해 준다.
우리의 단지 인간적인 눈들이
빛이 없는 하늘을 올려다볼 때
비록 우리가 잘 볼 수 없을지라도
우리는 하나의 작은 빛이 밤 저편에 빛나고 있어서
그 빛을 통해 신이 우리를 굽어보고 있음을
언제나 안다.

조안 보리셍코

그런 길은 없다

아무리 어둔 길이라도
나 이전에
누군가는 이 길을 지나갔을 것이고,
아무리 가파른 길이라도
나 이전에
누군가는 이 길을 통과했을 것이다.
아무도 걸어가 본 적이 없는
그런 길은 없다.
나의 어두운 시기가
비슷한 여행을 하는
모든 사랑하는 사람들에게
도움을 줄 수 있기를.

베드로시안

75세 노인이 쓴 산상수훈

내 굼뜬 발걸음과
떨리는 손을 이해하는 자에게 복이 있나니,
그가 하는 말을 알아듣기 위해
오늘 내 귀가 얼마나 긴장해야 하는가를
이해하는 자에게 복이 있나니,

내 눈이 흐릿하고
무엇을 물어도 대답이 느리다는 걸
이해하는 자에게 복이 있나니,
오늘 내가 물컵을 엎질렀을 때 그것을
별 일 아닌 걸로 여겨 준 자에게 복이 있나니,

기분 좋은 얼굴로 찾아와
잠시나마 잡담을 나눠 준 자에게 복이 있나니,
나더러 그 얘긴 오늘만도 두 번이나 하는 것이라고
핀잔 주지 않는 자에게 복이 있나니,

내가 사랑받고 혼자가 아니라는 걸
알게 해주는 자에게 복이 있나니,
내가 찾아갈 기력이 없을 때

내 집을 방문해 준 의사에게 복이 있나니,

사랑으로 내 황혼녘의 인생을 채워 주는
모든 이에게 복이 있나니,
내가 아직 살아 있을 수 있도록
나를 보살펴 주는 내 가족들 모두에게 복이 있나니
하늘나라가 그들의 것이라.

그랙 맥도널드

난 부탁했다

나는 신에게 나를 강하게 만들어 달라고 부탁했다. 내가 원하는 모든 걸 이룰 수 있도록.
하지만 신은 나를 약하게 만들었다. 겸손해지는 법을 배우도록.

나는 신에게 건강을 부탁했다. 더 큰 일을 할 수 있도록.
하지만 신은 내게 허약함을 주었다. 더 의미있는 일을 하도록.

나는 부자가 되게 해달라고 부탁했다. 행복할 수 있도록.
하지만 난 가난을 선물받았다. 지혜로운 사람이 되도록.

나는 재능을 달라고 부탁했다. 그래서 사람들의 찬사를 받을 수 있도록.
하지만 난 열등감을 선물받았다. 신의 필요성을 느끼도록.

나는 신에게 모든 것을 부탁했다. 삶을 누릴 수 있도록.
하지만 신은 내게 삶을 선물했다. 모든 것을 누릴 수 있도록.

나는 내가 부탁한 것을 하나도 받지 못했지만
내게 필요한 모든 걸 선물받았다.
나는 작은 존재임에도 불구하고

신은 내 무언의 기도를 다 들어 주셨다.

모든 사람들 중에서
나는 가장 축복받은 자이다.

작자 미상(미국 뉴욕의 신체 장애자 회관에 적힌 시)

여행

여행은 힘과 사랑을
그대에게 돌려준다. 어디든 갈 곳이 없다면
마음의 길을 따라 걸어가 보라.
그 길은 빛이 쏟아지는 통로처럼
걸음마다 변화하는 세계,
그곳을 여행할 때 그대는 변화하리라.

잘랄루딘 루미 (회교 신비주의 시인)

자연주의자의 충고

어떤 일이 일어나도
당신이 할 수 있는 한 최선을 다하라.
마음의 평정을 잃지 말라.
당신이 좋아하는 일을 찾으라.
집, 식사, 옷차림을 간소하게 하고 번잡스러움을 피하라.
날마다 자연과 만나고 발밑에 땅을 느껴라.
농장일이나 산책, 힘든 일을 하면서 몸을 움직여라.
근심 걱정을 떨치고 그날 그날을 살라.
날마다 다른 사람과 무엇인가 나누라.
혼자인 경우는 누군가에게 편지를 쓰고,
무엇인가 주고,
어떤 식으로든 누군가를 도우라.
삶과 세계에 대해 생각해 보는 시간을 가지라.
할 수 있는 한 생활에서 웃음을 찾으라.
모든 것 속에 들어 있는 하나의 생명을 관찰하라.
그리고 세상의 모든 것에 애정을 가지라.

헬렌 니어링, 스코트 니어링
(조화로운 삶을 실천한 유명한 자연주의자 부부)

내가 보고 있지 않다고 생각하셨을 때

내가 보고 있지 않다고 생각하셨을 때
난 당신이 내가 그린 최초의 그림을 냉장고에 붙여 놓는 걸
보았어요.
그래서 난 또다른 그림을 그리고 싶었어요.

내가 보고 있지 않다고 생각하셨을 때
난 당신이 주인 없는 개를 보살펴 주는 걸 보았어요.
그래서 난 동물들을 잘 대해 주는 것이 좋은 일이란 걸 알았
어요.

내가 보고 있지 않다고 생각하셨을 때
난 당신이 기도하는 소리를 들었어요.
그래서 난 신이 존재하며, 언제나 신과 대화할 수 있다는 걸
알았어요.

내가 보고 있지 않다고 생각하셨을 때
난 당신이 잠들어 있는 내게 입 맞추는 걸 보았어요.
난 내가 사랑받고 있다는 걸 알았어요.

내가 보고 있지 않다고 생각하셨을 때

난 당신의 눈에서 눈물이 흐르는 걸 보았어요.

그래서 난 때로는 인생이라는 것이 힘들며, 우는 것이 나쁜 일이 아님을 알았어요.

내가 보고 있지 않다고 생각하셨을 때

난 당신이 날 염려하고 있는 걸 보았어요.

그래서 난 내가 원하는 모든 걸 꼭 이루고 싶어졌어요.

내가 보고 있지 않다고 당신이 생각하셨을 때

난 보고 있었어요.

그래서 내가 보고 있지 않다고 생각하셨을 때 내가 본 모든 것들에 대해

감사드리고 싶었어요.

작자 미상

샤론 도 제공

잠 못 이루는 사람들

새벽 두 시, 세 시, 또는 네 시가 넘도록
잠 못 이루는 이 세상 모든 사람들이
그들의 집을 나와 공원으로 간다면,
만일 백 명, 천 명, 또는 수만 명의 사람들이
하나의 물결처럼 공원에 모여
각자에게 서로의 이야기를 들려 준다면,

예를 들어 잠자다가 죽을까봐 잠들지 못하는 노인과
아이를 낳지 못하는 여자와
따로 연애하는 남편
성적이 떨어질 것을 두려워하는 자식과
생활비가 걱정되는 아버지
사업에 문제가 있는 남자와
사랑에 운이 없는 여자
육체적인 고통에 시달리는 사람과
죄책감에 괴로워하는 사람……
만일 그들 모두가 하나의 물결처럼
자신들의 집을 나온다면,
달빛이 그들의 발길을 비추고
그래서 그들이 공원에 모여

각자에게 서로의 이야기를 들려 준다면,

그렇게 되면
인류는 더 살기 힘들어질까.
세상은 더 아름다운 곳이 될까.
사람들은 더 멋진 삶을 살게 될까.
아니면 더 외로워질까.
난 당신에게 묻고 싶다.
만일 그들 모두가 공원으로 와서
각자에게 서로의 이야기를 들려 준다면
태양이 다른 날보다 더 찬란해 보일까.
또 나는 당신에게 묻고 싶다.
그러면 그들이 서로를 껴안을까.

로렌스 티르노

나는 세상을 바라본다

나는 세상을 바라본다.
그 안에는 태양이 비치고 있고
그 안에는 별들이 빛나며
그 안에는 돌들이 놓여져 있다.

그리고 그 안에는
식물들이 생기있게 자라고 있고
동물들이 사이좋게 거닐고 있고
바로 그 안에
인간이 생명을 갖고 살고 있다.

나는 영혼을 바라본다.
그 안에는 신의 정신이 빛나고 있다.
그것은 태양과 영혼의 빛 속에서,
세상 공간에서,
저기 저 바깥에도
그리고 영혼 깊은 곳 내부에서도
활동하고 있다.

그 신의 정신에게

나를 향할 수 있기를.
공부하고 일할 수 있는 힘과 축복이
나의 깊은 내부에서 자라나기를.

루돌프 슈타이너

독일 발도르프 학교에서 아침 수업 시작 전에 학생들이 함께 읊는 시

무덤들 사이를 거닐며

무덤들 사이를 거닐면서
하나씩 묘비명을 읽어 본다.
한두 구절이지만
주의깊게 읽으면 많은 얘기가 숨어 있다.

그들이 염려한 것이나
투쟁한 것이나 성취한 모든 것들이
결국에는 태어난 날과
죽은 날짜로 줄어들었다.
살아 있을 적에는
지위와 재물이 그들을 갈라 놓았어도
죽고 나니
이곳에 나란히 누워 있다.

죽은 자들이 나의 참된 스승이다.
그들은 영원한 침묵으로 나를 가르친다.
죽음을 통해 더욱 생생해진 그들의 존재가
내 마음을 씻어 준다.

홀연히 나는

내 목숨이 어느 순간에 끝날 것을 본다.
내가 죽음과 그렇게 가까운 것을 보는 순간
즉시로 나는 내 생 안에서 자유로워진다.
남하고 다투거나 그들을 비평할 필요가 무엇인가.

임옥당

인생의 황금률

네가 열었으면 네가 닫아라.
네가 켰으면 네가 꺼라.
네가 자물쇠를 열었으면 네가 잠가라.
네가 깼으면 그 사실을 인정하라.
네가 그걸 도로 붙일 수 없으면
그렇게 할 수 있는 사람을 부르라.
네가 빌렸으면 네가 돌려 주라.
네가 그 가치를 알면 조심히 다루라.
네가 어질러 놓았으면 네가 치우고
네가 옮겼으면 네가 제자리에 갖다 놓아라.
다른 사람의 물건을 사용하고 싶으면 허락을 받고
어떻게 작동하는지 모르면 그냥 놔 두라.
네 일이 아니면 나서지 말라.
깨지지 않았으면 도로 붙여 놓으려고 하지 말라.
누군가의 하루를 기분좋게 해주는 말이라면 하라.
하지만 누군가의 명성에 해가 되는 말이라면
하지 말라.

작자 미상

엘리아스 아미돈 제공

3

마음의 평화

세상에서 가장 부자인 사람은 누구일까.
나는 그를 남태평양의 작은 섬에서 만났다.
그는 커다란 야자나무 아래서
20억 불짜리 미소를 지으며 앉아 있었다.
그가 앉아 있는 해변 너머의 세계를 그는 본 적이 없고
따라서 말세에 대해 고민한 적도 없다.
음식과 물은 풍부하지 않았다.
가족을 먹이기 위해 날마다 그는 물고기를 잡아야 했고
섬 건너편에 있는 우물에서 물을 길어 와야 했다.
이러한 일들은 매일 아침 그에게 하나의 도전이었으며
날이 저물 때면 그는 일에 대한 만족감을 느낄 수 있었다.

파도의 중얼거림
새들의 노랫소리와 멀리서 이따금 들려오는 천둥소리
그것이 그에게는 음악이었다.
그에게는 유명한 화가의 그림도 없었다.
최고의 화가가 그의 섬 주위에 매순간 만들어 놓는 걸작품 외
에는.
날마다 보는 일출과 일몰이 최고의 그림이었으며
저녁에는 텔레비전을 보는 대신

그는 하늘과 별과 달을 관조했다.
그것을 통해 그는 자신의 주인인 신과 대화했으며
자신이 살아 있는 것에 감사드렸다.
세금을 낼 필요도 없고
보험회사나 노후 연금에 대해선 들어 본 적도 없었다.
유언을 남기거나 유산을 물려 주는 것에 대해서도 생각할 필
요가 없었다.
그는 다만 마음의 평화를 지닌
행복하고 만족할 줄 아는 사람이었다.

오늘날 전세계의 은행에는 수백만의 인구가 있다.
하지만 그들의 얼굴에는 미소가 없다.
왜냐하면 어떤 국제적인 기업이나 경매 회사에서도
마음의 평화를 돈 받고 팔지는 않으니까.

제임스 R. 맨첨

사랑은

종은 누가 그걸 울리기 전에는
종이 아니다.
노래는 누가 그걸 부르기 전에는
노래가 아니다.
당신의 마음속에 있는 사랑도
한쪽으로 치워 놓아선 안 된다.
사랑은 주기 전에는
사랑이 아니니까.

오스카 햄머스타인

한 번에 한 사람

난 결코 대중을 구원하려고 하지 않는다.
난 다만 한 개인을 바라볼 뿐이다.
난 한 번에 단지 한 사람만을 사랑할 수 있다.
한 번에 단지 한 사람만을 껴안을 수 있다.
단지 한 사람, 한 사람, 한 사람씩만……
따라서 당신도 시작하고
나도 시작하는 것이다.
난 한 사람을 붙잡는다.
만일 내가 그 사람을 붙잡지 않았다면
난 4만 2천 명을 붙잡지 못했을 것이다.
모든 노력은 단지 바다에 붓는 한 방울 물과 같다.
하지만 만일 내가 그 한 방울의 물을 붓지 않았다면
바다는 그 한 방울만큼 줄어들 것이다.
당신에게도 마찬가지다.
당신의 가족에게도,
당신이 다니는 교회에서도 마찬가지다.
단지 시작하는 것이다.
한 번에 한 사람씩.

마더 테레사

내가 배가 고플 때

내가 배가 고플 때
당신은 인도주의 단체를 만들어
내 배고픔에 대해 토론해 주었소.
정말 고맙소.
내가 감옥에 갇혔을 때
당신은 조용히 교회 안으로 들어가
내 석방을 위해 기도해 주었소.
정말 잘한 일이오.
내가 몸에 걸칠 옷 하나 없을 때
당신은 마음속으로
내 외모에 대해 도덕적인 논쟁을 벌였소.
그래서 내 옷차림이 달라진 게 뭐요?
내가 병들었을 때
당신은 무릎 꿇고 앉아 신에게
당신과 당신 가족의 건강을 기원했소.
하지만 난 당신이 필요했소.
내가 집이 없을 때
당신은 사랑으로 가득한 신의 집에 머물라고
내게 충고를 했소.
난 당신이 날 당신의 집에서 하룻밤 재워 주길 원했소.

내가 외로웠을 때
당신은 날 위해 기도하려고
내 곁을 떠났소.
왜 내 곁에 있어 주지 않았소?
당신은 매우 경건하고
신과도 가까운 사이인 것 같소.
하지만 난 아직도 배가 고프고,
외롭고,
춥고,
아직도 고통받고 있소.
당신은 그걸 알고 있소?

작자 미상 (뉴욕 맨하탄의 흑인 거지)

내가 원하는 것

내가 원하는 것은 함께 잠을 잘 사람
내 발을 따뜻하게 해주고
내가 아직 살아 있음을 알게 해줄 사람
내가 읽어 주는 시와 짧은 글들을 들어 줄 사람
내 숨결을 냄새 맡고, 내게 얘기해 줄 사람

내가 원하는 것은 함께 잠을 잘 사람
나를 두 팔로 껴안고 이불을 잡아당겨 줄 사람
등을 문질러 주고 얼굴에 입맞춰 줄 사람
잘 자라는 인사와 잘 잤느냐는 인사를 나눌 사람
아침에 내 꿈에 대해 묻고
자신의 꿈에 대해 말해 줄 사람
내 이마를 만지고 내 다리를 휘감아 줄 사람
편안한 잠 끝에 나를 깨워 줄 사람

내가 원하는 것은 오직
사람

자디아 에쿤다요 (32세. 수혈 중 에이즈 감염)

당신에게 달린 일

한 곡의 노래가 순간에 활기를 불어 넣을 수 있다.
한 송이 꽃이 꿈을 일깨울 수 있다.
한 그루 나무가 숲의 시작일 수 있고
한 마리 새가 봄을 알릴 수 있다.
한 번의 악수가 영혼에 기운을 줄 수 있다.
한 개의 별이 바다에서 배를 인도할 수 있다.
한 줄기 햇살이 방을 비출 수 있다.
한 자루의 촛불이 어둠을 몰아낼 수 있고
한 번의 웃음이 우울함을 날려 보낼 수 있다.
한 걸음이 모든 여행의 시작이다.
한 단어가 모든 기도의 시작이다.
한 가지 희망이 당신의 정신을 새롭게 하고
한 번의 손길이 당신의 마음을 보여 줄 수 있다.
한 사람의 가슴이 무엇이 진실인가를 알 수 있고
한 사람의 인생이 세상에 차이를 가져다 줄 수 있다.
이 모든 것이 당신에게 달린 일이다.

작자 미상

틱낫한 제공

인디언 기도문

바람 속에 당신의 목소리가 있고
당신의 숨결이 세상 만물에게 생명을 줍니다.
나는 당신의 많은 자식들 가운데
작고 힘 없는 아이입니다.
내게 당신의 힘과 지혜를 주소서.

나로 하여금 아름다움 안에서 걷게 하시고
내 두 눈이 오래도록 석양을 바라볼 수 있게 하소서.
당신이 만든 물건들을 내 손이 존중하게 하시고
당신의 목소리를 들을 수 있도록 내 귀를 예민하게 하소서.

당신이 내 부족 사람들에게 가르쳐 준 것들을
나 또한 알게 하시고
당신이 모든 나뭇잎, 모든 돌 틈에 감춰 둔 교훈들을
나 또한 배우게 하소서.

내 형제들보다 더 위대해지기 위해서가 아니라
가장 큰 적인 내 자신과 싸울 수 있도록
내게 힘을 주소서.
나로 하여금 깨끗한 손, 똑바른 눈으로

언제라도 당신에게 갈 수 있도록 준비시켜 주소서.

그래서 저 노을이 지듯이 내 목숨이 사라질 때
내 혼이 부끄럼없이
당신에게 갈 수 있게 하소서.

노란 종달새(수우족)

어느 9세기 왕의 충고

너무 똑똑하지도 말고, 너무 어리석지도 말라.
너무 나서지도 말고, 너무 물러서지도 말라.
너무 거만하지도 말고, 너무 겸손하지도 말라.
너무 떠들지도 말고, 너무 침묵하지도 말라.
너무 강하지도 말고, 너무 약하지도 말라.
너무 똑똑하면 사람들이
너무 많은 걸 기대할 것이다.
너무 어리석으면 사람들이 속이려 할 것이다.
너무 거만하면 까다로운 사람으로 여길 것이고
너무 겸손하면 존중하지 않을 것이다.
너무 말이 많으면 말에 무게가 없고
너무 침묵하면 아무도 관심갖지 않을 것이다.
너무 강하면 부러질 것이고
너무 약하면 부서질 것이다.

코막 (9세기 아일랜드의 왕, 아일랜드 옛 시집에서)

동물

나는 모습을 바꾸어 동물들과 함께 살았으면 하고 생각한다.

그들은 평온하고 스스로 만족할 줄 안다.

나는 자리에 서서 오래도록 그들을 바라본다.

그들은 땀흘려 손에 넣으려고 하지 않으며 자신들의 환경을 불평하지 않는다.

그들은 밤 늦도록 잠 못 이루지도 않고 죄를 용서해 달라고 빌지도 않는다.

그들은 하나님에 대한 의무 따위를 토론하느라 나를 괴롭히지도 않는다.

불만족해 하는 자도 없고, 소유욕에 눈이 먼 자도 없다.

다른 자에게, 또는 수천년 전에 살았던 동료에게 무릎 꿇는 자도 없으며

세상 어디를 둘러봐도 잘난 체하거나 불행해 하는 자도 없다.

월트 휘트먼(1855년작)

성장한 아들에게

내 손은 하루 종일 바빴지.
그래서 네가 함께 하자고 부탁한 작은 놀이들을
함께 할 만큼 시간이 많지 않았다.
너와 함께 보낼 시간이 내겐 많지 않았어.

난 네 옷들을 빨아야 했고, 바느질도 하고, 요리도 해야 했지.
네가 그림책을 가져와 함께 읽자고 할 때마다
난 말했다.
"조금 있다가 하자, 애야."

밤마다 난 너에게 이불을 끌어당겨 주고,
네 기도를 들은 다음 불을 꺼주었다.
그리고 발끝으로 걸어 조용히 문을 닫고 나왔지.
난 언제나 좀 더 네 곁에 있고 싶었다.

인생이 짧고, 세월이 쏜살같이 흘러갔기 때문에
한 어린 소년은 너무도 빨리 커버렸지.
그 아인 더 이상 내 곁에 있지 않으며
자신의 소중한 비밀을 내게 털어 놓지도 않는다.

그림책들은 치워져 있고
이젠 함께 할 놀이들도 없지.
잘 자라는 입맞춤도 없고, 기도를 들을 수도 없다.
그 모든 것들은 어제의 세월 속에 묻혀 버렸다.

한때는 늘 바빴던 내 두 손은
이제 아무것도 할 일이 없다.
하루 하루가 너무도 길고
시간을 보낼 만한 일도 많지 않지.
다시 그때로 돌아가, 네가 함께 놀아 달라던
그 작은 놀이들을 할 수만 있다면.

작자 미상

앨리스 그레이 제공

지식을 넘어서

우린 아주 열심히 공부한다.
우리의 마음을
지식들로
믿음들로
자료들로
또 세상의 이야기들로 채우려고.

그렇게 우린 인간의 생각들이 되어 버리고
그대신 우리 자신을 잃어 버린다.
'어떻게'를
'왜'를
그리고 그 모든 것의 목적을 생각하는 분주함 속에서.

우리는 우리 존재를
온갖 경험들로 위장한다.

평화는
고요함 속에 머무는 것.
그 평화의 자리에서
보다 깊이 아는 것이

무한한 조화와
열린 사랑으로 가는 길이다.

패트 패트라이티스

암브로시아 제공

잠시

잠시 시대의 어지러움으로부터
그대의 눈과 귀를 돌려라.
그대의 마음이 스스로 정화되기 전엔
이 시대의 어지러움은 그대의 힘으로도
치유될 수 없는 것.

이 세상에서 그대가 할 일은
영원을 지키며 기다리고 응시하는 것
그대는 이미 이 세상사에
묶여 있고 또 풀려나 있으니.

그대를 부르는 때가 오리니
그대 마음을 준비하고
꺼져가는 불길 속
마지막 불꽃을 위해
그대를 던지리라.

잉게 솔

초보자에게 주는 조언

시작하라. 다시 또다시 시작하라.
모든 것을 한 입씩 물어뜯어 보라.
또 가끔 도보 여행을 떠나라.
자신에게 휘파람 부는 법을 가르치라. 거짓말도 배우고.
나이를 먹을수록 사람들은 너 자신의 이야기를
듣고 싶어할 것이다. 그 이야기를 만들라.
돌들에게도 말을 걸고
달빛 아래 바다에서 헤엄도 쳐라.
죽는 법을 배워 두라.
빗속을 나체로 달려 보라.
일어나야 할 모든 일은 일어날 것이고
그 일들로부터 우리를 보호해 줄 것은 아무것도 없다.
흐르는 물 위에 가만히 누워 있어 보라.
그리고 아침에는 빵 대신 시를 먹으라.
완벽주의자가 되려 하지 말고
경험주의자가 되라.

엘렌 코트

일찍 일어나는 새

당신이 새라면
아침에 일찍 일어나야 한다.
그래야 벌레를 잡아먹을 수 있을 테니까.
만일 당신이 새라면
아침에 일찍 일어나라.
하지만 만일
당신이 벌레라면
아주 늦게 일어나야 하겠지.

쉘 실버스타인

4

바람만이 알고 있지

얼마나 많은 길을 걸어야
한 사람의 인간이 될 수 있을까.
얼마나 많은 바다 위를 날아야
흰 갈매기는 사막에서 잠들 수 있을까.
얼마나 더 많이 머리 위를 날아야
포탄은 지상에서 사라질 수 있을까.
친구여, 그 대답은 바람만이 알고 있지.
바람만이 알고 있지.

얼마나 더 고개를 쳐들어야
사람은 하늘을 볼 수 있을까.
얼마나 많은 귀를 가져야
타인들의 울음소리를 들을 수 있을까.
얼마나 더 많은 사람이 죽어야
너무 많이 죽었음을 깨닫게 될까.
친구여, 그 대답은 바람만이 알고 있지.
바람만이 알고 있지.

얼마나 오래 그 자리에 서 있어야
산은 바다가 될까.

얼마나 더 오래 살아야
사람들은 자유로워질까.
얼마나 더 고개를 돌리고 있어야
안 보이는 척할 수 있을까.
친구여, 그 대답은 바람만이 알고 있지.
바람만이 알고 있지.

밥 딜런

다른 북소리

왜 우리는
그렇게
성공하기 위해 조급히 굴며
또한 그렇게
사업적일까.

만일 어떤 이가
그의 동료들과 발을 맞추지 않는다면
아마도 그는
다른 북소리를 듣고 있는 건지도 모른다.

그 박자가 고르거나
또는 늦거나
그로 하여금 그가 듣는 북소리에
발 맞추게 하라.

헨리 데이빗 소로우

짧은 기간 동안 살아야 한다면

만일 단지 짧은 기간 동안 살아야 한다면
이 생에서 내가 사랑한 모든 사람들을 찾아보리라.
그리고 그들을 진정으로 사랑했음을 확실히 말하리라.
덜 후회하고 더 행동하리라.
또한 내가 좋아하는 노래들을 모두 불러 봐야지.
아, 나는 춤을 추리라.
나는 밤새도록 춤을 추리라.

하늘을 많이 바라보고 따뜻한 햇빛을 받으리라.
밤에는 달과 별을 많이 쳐다보리라.
그 다음에는
옷, 책, 물건, 내가 가진 사소한 모든 것들에 작별을 해야겠지.
그리고 나는 삶에 커다란 선물을 준 대자연에게 감사하리라.
그의 품속에 잠들며.

작자 미상(여대생)

존 포엘 신부 제공

수업

그때 예수께서 제자들을 산으로 데리고 올라가
곁에 둘러앉히시고 이렇게 가르치셨다.
마음이 가난한 사람은 행복하다. 하늘나라가 그들의 것이다.
온유한 사람은 행복하다.
슬퍼하는 사람은 행복하다.
자비를 베푸는 사람은 행복하다.
옳은 일에 주린 사람은 행복하다.
박해받는 사람은 행복하다.
고통받는 사람은 행복하다.
하늘나라에서의 보상이 크니 기뻐하고 즐거워하라.
그러자 시몬 베드로가 말했다.
"그 말씀을 글로 적어 놓으리까?"
그리고 안드레아가 말했다.
"그 말씀을 잘 새겨 둬야 할까요?"
그러자 야고보가 말했다.
"그걸 갖고 우리끼리 시험을 쳐볼까요?"
그리고 빌립보가 말했다.
"우리가 그 뜻을 잘 모를 경우에는 어떻게 할까요?"
그리고 바돌로메가 말했다.
"우리가 이 말씀을 다른 사람들에게 전해 줘야 할까요?"

그러자 요한이 말했다.

"다른 제자들한테는 이런 걸 알려줄 필요가 있을까요?"

그러자 마태오가 말했다.

"우리는 여기서 언제 떠날 건가요?"

그리고 유다가 말했다.

"그 말씀이 실생활과는 어떤 관계가 있는 걸까요?"

그리고 그 자리에 참석했던 바리새인 하나는

예수에게 수업 계획서를 보여 줄 것을 요청하면서

그 가르침의 최종적인 목표가 무엇이냐고 물었다.

그러자 예수께서는 우셨다.

작자 미상

M. 스콧 펙 제공

엄마가 아들에게 주는 시

아들아, 난 너에게 말하고 싶다.
인생은 내게 수정으로 된 계단이 아니었다는 걸.
계단에는 못도 떨어져 있었고
가시도 있었다.
그리고 판자에는 구멍이 났지.
바닥엔 양탄자도 깔려 있지 않았다.
맨바닥이었어.

그러나 난 지금까지
멈추지 않고 계단을 올라왔다.
층계참에도 도달하고
모퉁이도 돌고
때로는 전깃불도 없는 캄캄한 곳까지 올라갔지.

그러니 아들아, 너도 돌아서지 말아라.
계단 위에 주저앉지 말아라.
왜냐하면 넌 지금
약간 힘든 것일 뿐이니까.
너도 곧 그걸 알게 될 테니까.
지금 주저앉으면 안 된다.

왜냐하면 애야, 나도 아직
그 계단을 올라가고 있으니까.
난 아직도 오르고 있다.
그리고 인생은 내게
수정으로 된 계단이 아니었지.

랭스톤 휴즈

당신이 하지 않은 일들

내가 당신의 새 차를 몰고 나가 망가뜨린 날을 기억하나요?

난 당신이 날 때릴 거라고 생각했지만 당신은 그렇게 하지 않았어요.

당신이 비가 올 거라고 말했는데도 내가 억지로 해변에 끌고 가 비를 맞던 때를 기억하나요?

난 당신이 "비가 올 거라고 했잖아!" 하고 욕을 하리라 생각했지만 당신은 그렇게 하지 않았어요.

내가 당신을 질투나게 하려고 다른 남자들과 어울려 당신이 화가 났던 때를 기억하나요?

난 당신이 떠나리라 생각했지만 당신은 그렇게 하지 않았어요.

당신은 내가 오렌지 주스를 당신 차의 시트에 엎질렀던 때를 기억하나요?

난 당신이 내게 소릴 지를 거라고 생각했지만 당신은 그렇게 하지 않았어요.

내가 깜박 잊고 당신에게 그 댄스 파티가 정식 무도회라는 걸 말해 주지 않아서

당신이 작업복 차림으로 나타났던 때를 기억하나요?

난 당신이 내게 절교를 선언할 줄 알았지만 당신은 그렇게 하지 않았어요.

그래요, 내 생각과는 달리 당신이 하지 않은 일이 참 많았어요.

당신은 나에 대해 인내했고 나를 사랑했으며 보호해 주었어요.

당신이 베트남 전쟁에서 돌아올 때 당신에게 사과하는 뜻으로 내가 하려고 했던 일이 참 많았어요.

하지만 당신은 돌아오지 않았어요.

작자 미상

레오 버스카글리아 제공

민들레 목걸이

아무것도 할 일이 없을 때가 있다.
아무데도 갈 곳이 없을 때가 있다.
사람으로 가득한 이 세상에서
얘기 나눌 사람조차 없을 때가 있다.
그럴 때 나는 풀밭에 앉아
민들레 목걸이를 만든다.
어떤 민들레는 잘 되지만
어떤 건 그렇지 않다.
어떤 민들레는 너무 어리고
어떤 건 너무 늙었다.
민들레 목걸이를 만드는 데는
시간이 걸린다.
아무리 공을 들여도
풀어져 버린다.
어떤 때는 그걸 다시 묶을 수 있지만
어떤 때는 불가능하다.
그리고 아무리 잘 만들어도
민들레는 곧 시들어 버린다.
나는 이따금 풀밭으로 가서
민들레 목걸이를 만든다.

그래서 그런 사실들을
잘 알고 있다.

제프 스완

세상을 정복하더라도

내가 세상을 다 정복하더라도
나를 위한 도시는 오직 하나뿐.
그 도시에 나를 위한
한 채의 집이 있다.
그리고 그 집안에 나를 위한 방이 하나 있다.
그 방에 침대가 있고,
그곳에 한 여인이 잠들어 있다.
내가 있을 곳은 오직 그곳뿐.

고대 산스크리트 시인

진리에 대하여

우리가 최상의 진리라고 여기는 것은
절반의 진리에 불과하다.

어떤 진리에도 머물지 말라.
그것을 다만 한여름밤을 지낼 천막으로 여기고
그곳에 집을 짓지 말라.
왜냐하면 그 집이 당신의 무덤이 될 테니까.

그 진리에 회의를 느끼기 시작할 때
그 진리에 반박하고 싶은 생각이 들 때
슬퍼하지 말고 오히려 감사히 여기라.

그것은 침구를 거두어 떠나라는
신의 속삭임이니까.

벨포 경

인생의 계획

난 인생의 계획을 세웠다.
청춘의 희망으로 가득한 새벽빛 속에서
난 오직 행복한 시간들만을 꿈꾸었다.
내 계획서엔
화창한 날들만 있었다.
내가 바라보는 수평선엔 구름 한 점 없었으며
폭풍은 신께서 미리 알려 주시리라 믿었다.

슬픔을 위한 자리는 존재하지 않았다.
내 계획서에다
난 그런 것들을 마련해 놓지 않았다.
고통과 상실의 아픔이
길 저 아래쪽에서 기다리고 있는 걸
난 내다볼 수 없었다.

내 계획서는 오직 성공을 위한 것이었으며
어떤 수첩에도 실패를 위한 페이지는 없었다.
손실 같은 건 생각지도 않았다.
난 오직 얻을 것만 계획했다.
비록 예기치 않은 비가 뿌릴지라도

곧 무지개가 뜰 거라고 난 믿었다.

인생이 내 계획서대로 되지 않았을 때
난 전혀 이해할 수 없었다.
난 크게 실망했다.

하지만 인생은 나를 위해 또다른 계획서를 써 놓았다.
현명하게도 그것은
나한테 자신의 존재를 알리지 않았다.
내가 경솔함을 깨닫고
더 많은 걸 배울 필요가 있을 때까지.

이제 인생의 저무는 황혼 속에 앉아
난 안다, 인생이 얼마나 지혜롭게
나를 위한 계획서를 만들었나를.
그리고 이제 난 안다.
그 또다른 계획서가
나에게는 최상의 것이었음을.

글래디 로울러 (63세)

내가 늙었을 때

내가 늙었을 때 난 넥타이를 던져 버릴 거야.
양복도 벗어 던지고, 아침 여섯 시에 맞춰 놓은 시계도 꺼 버
릴 거야.
아첨할 일도, 먹여 살릴 가족도, 화낼 일도 없을 거야.

더 이상 그런 일은 없을 거야.
내가 늙었을 때 난 들판으로 나가야지.
어디로 가는지도 모르면서 여기저기 돌아다닐 거야.
물가의 강아지풀도 건드려 보고
납작한 돌로 물수제비도 떠 봐야지.
소금쟁이들을 놀래키면서.

해질 무렵에는 서쪽으로 갈 거야.
노을이 내 딱딱해진 가슴을
수천 개의 반짝이는 조각들로 만드는 걸 느끼면서.
넘어지기도 하고
제비꽃들과 함께 웃기도 할 거야.
그리고 귀 기울여 듣는 산들에게
내 노래를 들려 줄 거야.

하지만 지금부터 조금씩 연습해야 할지도 몰라.
나를 아는 사람들이 놀라지 않도록.
내가 늙어서 넥타이를 벗어 던졌을 때 말야.

드류 레더

모든 것에는 때가 있다

모든 것에는 다 때가 있다.
하늘 아래서 일어나는 모든 일에는
다 정해진 때가 있다.
날 때가 있고 죽을 때가 있으며
심을 때가 있고 심은 것을 뽑을 때가 있다.
죽일 때가 있고 살릴 때가 있으며
부술 때가 있고 세울 때가 있으며
울 때가 있고 웃을 때가 있다.
슬퍼할 때가 있고 춤출 때가 있다.
돌을 던져 버릴 때가 있고 돌을 모을 때가 있으며
껴안을 때가 있고 껴안는 것을 멀리할 때가 있다.
얻을 때가 있고 잃을 때가 있으며
지킬 때가 있고 버릴 때가 있으며
찢을 때가 있고 꿰맬 때가 있다.
침묵할 때가 있고 말할 때가 있으며
사랑할 때가 있고 미워할 때가 있으며
싸울 때가 있고 화해할 때가 있다.

구약성서 전도서

시집 서문에 쓴 시

땅과 태양과 동물들을 사랑하라. 부를 경멸하라.
필요한 모든 이에게 자선을 베풀라.
어리석거나 제 정신이 아닌 일이면 맞서라.
당신의 수입과 노동을 다른 사람을 위한 일에 돌려라.
신에 대해 논쟁하지 말라.
사람들에게는 참고 너그럽게 대하라.
당신이 모르는 것, 알 수 없는 것 또는
사람 수가 많든 적든 그들에게 머리를 숙여라.
아는 것은 적어도 당신을 감동시키는 사람들,
젊은이들, 가족의 어머니들과 함께 가라.
자유롭게 살면서 당신 생애의 모든 해, 모든 계절,
산과 들에 있는 이 나뭇잎들을 음미하라.
학교, 교회, 책에서 배운 모든 것을 의심하라.
당신의 영혼을 모욕하는 것은 무엇이든지 멀리하라.
할 수 있는 한 최선을 다하라.

월트 휘트먼
시집 〈풀잎〉 1855년판 서문

해답

해답은 없다.
앞으로도 해답이 없을 것이고
지금까지도 해답이 없었다.
이것이 인생의 유일한 해답이다.

거투르드 스타인

5

다른 길은 없다

자기 인생의 의미를 볼 수 없다면
지금 여기, 이 순간, 삶의 현재 위치로 오기까지
많은 빗나간 길들을 걸어 왔음을 알아야 한다.
그리고 오랜 세월 동안
자신의 영혼이 절벽을 올라왔음도 알아야 한다.
그 상처, 그 방황, 그 두려움을
그 삶의 불모지를 잊지 말아야 한다.
그 지치고 피곤한 발걸음들이 없었다면
오늘날 이처럼 성장하지도 못했고
자기 자신에 대한 믿음도
갖지 못했으리라.
그러므로 기억하라.
그 외의 다른 길은 있을 수 없었다는 것을.
자기가 지나온 그 길이
자신에게는 유일한 길이었음을.
우리들 여행자는
끝없는 삶의 길을 걸어간다.
인생의 진리를 깨달을 때까지
수많은 모퉁이를 돌아가야 한다.
들리지 않는가.

지금도 그 진리는 분명하게 말하고 있다.
삶은 끝이 없으며
우리는 영원 불멸한 존재들이라고.

마르타 스묵

모든 것

모든 것을 맛보고자 하는 사람은
어떤 맛에도 집착하지 않아야 한다.
모든 것을 알고자 하는 사람은
어떤 지식에도 매이지 않아야 한다.
모든 것을 소유하고자 하는 사람은
어떤 것도 소유하지 않아야 하며,
모든 것이 되고자 하는 사람은
어떤 것도 되지 않아야 한다.
자신이 아직 맛보지 않은 어떤 것을 찾으려면
자신이 알지 못하는 곳으로 가야 하고,
소유하지 못한 것을 소유하려면
자신이 소유하지 않은 곳으로 가야 한다.
모든 것에서 모든 것에게로 가려면
모든 것을 떠나 모든 것에게로 가야 한다.
모든 것을 가지려면
어떤 것도 필요로 함이 없이 그것을 가져야 한다.

십자가의 성 요한

알 필요가 있는 것

당신이 꼭 어떤 사람이어야만 하는 건 아니다.
당신이 꼭 어떤 일을 해야만 하는 건 아니다.
이 세상에 당신이 꼭 소유해야만 하는 것도 없고
당신이 꼭 알아야만 하는 것도 없다.
정말로 당신이 꼭 무엇이 될 필요는 없다.
하지만 불을 만지면 화상을 입고
비가 내리면 땅이 젖는다는 것쯤은
알 필요가 있을 것이다.
그러면 살아가는 데 도움이 될 테니까.

일본 교토의 어느 선원에 걸린 시

들어 주세요

당신에게 무언가를 고백할 때,
그리고 곧바로 당신이 충고를 하기 시작할 때,
그것은 내가 원한 것이 아니었습니다.
당신에게 무언가를 고백할 때,
내가 그렇게 생각하면 안 되는 이유를
당신이 말하기 시작할 때,
그 순간 당신은 내 감정을 무시한 것입니다.
당신에게 무언가를 고백할 때,
내 문제를 해결하기 위해 당신이
진정으로 무언가를 해야겠다고 느낀다면
이상하겠지만,
그런 것은 아무런 도움도 되지 못합니다.
기도가 사람들에게 도움을 주는 것은
아마 그런 이유 때문이겠죠.
왜냐하면
하나님은 언제나 침묵하시고
어떤 충고도 하지 않으시며
일을 직접 해결해 주려고도 하지 않으시니까요.
하나님은 다만 우리의 기도를
말없이 듣고 계실 뿐,

우리 스스로 해결하기를 믿으실 뿐이죠.
그러니 부탁입니다.
침묵 속에서 내 말을 귀기울여 들어 주세요.
만일 말하고 싶다면,
당신의 차례가 올 때까지 기다려 주세요.
그러면 내가 당신의 말을
귀기울여 들을 것을
약속합니다.

작자 미상

앤소니 드 멜로 제공

함께 있되 거리를 두라

함께 있되 거리를 두라.
그래서 하늘 바람이 너희 사이에서 춤추게 하라.
서로 사랑하라.
그러나 사랑으로 구속하지는 말라.
그보다 너희 혼과 혼의 두 언덕 사이에 출렁이는 바다를 놓아
두라.
서로의 잔을 채워 주되 한쪽의 잔만을 마시지 말라.
서로의 빵을 주되 한쪽의 빵만을 먹지 말라.
함께 노래하고 춤추며 즐거워하되 서로는 혼자 있게 하라.
마치 현악기의 줄들이 하나의 음악을 울릴지라도 줄은 서로
혼자이듯이.
서로 가슴을 주라. 그러나 서로의 가슴속에 묶어 두지는 말라.
오직 큰생명의 손길만이 너희의 가슴을 간직할 수 있다.
함께 서 있으라. 그러나 너무 가까이 서 있지는 말라.
사원의 기둥들도 서로 떨어져 있고
참나무와 삼나무는 서로의 그늘 속에선 자랄 수 없다.

칼릴 지브란

모든 것은 지나간다

모든 것은 지나간다.
일출의 장엄함이 아침 내내 계속되진 않으며
비가 영원히 내리지도 않는다.
모든 것은 지나간다.
일몰의 아름다움이 한밤중까지 이어지지도 않는다.
하지만 땅과 하늘과 천둥,
바람과 불,
호수와 산과 물,
이런 것들은 언제나 존재한다.

만일 그것들마저 사라진다면
인간의 꿈이 계속될 수 있을까.
인간의 환상이.

당신이 살아 있는 동안
당신에게 일어나는 일들을 받아들이라.
모든 것은 지나가 버린다.

세실 프란시스 알렉산더

벼룩

그대 벼룩에게도 역시 밤은 길겠지.
밤은 분명 외로울 거야.

이사(18세기 일본 선승)

술통

내가 죽으면
술통 밑에 묻어 줘.
운이 좋으면
밑둥이 샐지도 몰라.

모리야 센얀 (일본 선승, 78세)

결실과 장미

크건 작건간에,
꽃들이 여기저기 피어 있는
아름다운 정원을 갖고자 하는 이는
허리를 굽혀서 땅을 파야만 한다.

소망만으로 얻을 수 있는 것은
이 세상에서 극히 적은 까닭에
우리가 원하는 가치있는 것은 무엇이건
일함으로써 얻어야 한다.

당신이 어떤 것을 추구하는가 하는 것은
문제가 아니다.
그것의 비밀이 여기 쉬고 있기에
당신은 끊임없이 흙을 파야 한다.
결실이나 장미를 얻기 위해선.

에드가 게스트

젊은 시인에게 주는 충고

마음속의 풀리지 않는 모든 문제들에 대해
인내를 가지라.
문제 그 자체를 사랑하라.
지금 당장 해답을 얻으려 하지 말라.
그건 지금 당장 주어질 순 없으니까.
중요한 건
모든 것을 살아 보는 일이다.
지금 그 문제들을 살라.
그러면 언젠가 먼 미래에
자신도 알지 못하는 사이에
삶이 너에게 해답을 가져다 줄 테니까.

라이너 마리아 릴케

당신이 살지 않은 삶

결혼을 하지 말거나
아이를 덜 낳을 것을.
내가 좋아하는 일에 더 광적으로 열중하고
다른 일에는 덜 신경쓸 것을.

고기를 덜 먹고
산책을 많이 할 것을.

떠드는 시간을 줄이고
화장품에 덜 투자하고
그 대신 자선냄비에 더 많이 넣을 것을.

다리와 겨드랑이 털을 면도하는 데 시간을 덜 쏟고
천문대를 더 자주 찾아가 밤하늘을 구경할 것을.

그리고 동네 건달들이 더 자주 전화하게 할 것을.

조안 셀쩌

한밤중

"한밤중에 자꾸 잠이 깨는 건
정말 성가신 일이야."
한 노인이 투덜거렸다.
다른 노인이 말했다.
"하지만 당신이 아직 살아 있다는 걸 확인하는 데
그것만큼 좋은 방법이 없지. 안 그런가?"
두 사람은 서로를 보며
낄낄거리고 웃었다.

아모노 타다시

샤론 도 제공

조용하게 앉으라

조용하게 앉으라.
그리고 그 안에서 누가
너의 생각을 관찰하고 있는지 찾아보라.
주의깊게 바라보면
네 안에서 또 하나의 너를 발견하게 되리라.
그를 주의깊게 관찰하고 이해하려 노력한다면
너 자신을 분명히 알게 되리라.
그렇게 안을 들여다보라.
네 안의 또 하나의 너를 찾으라.
그러면 완성이 가까우리라.

스와미 묵타난다

손의 문제

손은
두 사람을 묶을 수도 있지만
서로를 밀어낼 수도 있다.
손가락은
두 사람을 연결시키기도 하지만
접으면 주먹으로 변하기도 한다.

많은 사람들이
어색하게 두 손을 내린 채로 서서
서로를 붙잡지 못하고 있다.
지혜와 어리석음이 모두
손에 달려 있다.

에드워드 마이클 데이빗 수프라노비츠

너무 늦기 전에

그 남자는 부자가 되어야 행복할 것이다.
그러기 전까지는 그는 형편없는 인간에 불과하다.
그가 편협한 생각을 갖고 있는 건지는 모르지만
그는 남에게 친절 따위를 베풀 시간이 없다.

그 여자는 뚱뚱하다.
그래서 아무도 그녀를 사랑하지 않는다.
자신이 왜 이런 불행을 타고 났는지
그녀는 이해할 수 없다.
효과적인 다이어트 법을 발견하기 전까지는
세상은 그녀에게 재미없는 곳이다.

또다른 남자가 있다. 그는 인정받고 싶고,
명성을 얻고 싶다.
따라서 지금은 한가로이 웃고 지낼 시간이 없다.
그 모든 것을 손에 넣었을 때
그는 자신만의 아름다운 성에서 살 것이다.

또다른 여자가 있다. 그녀는 못생겼다.
그녀는 사람들의 시선이 애정에서 나오는 게 아니라는 걸 잘 안다.
때가 되면 그녀는 턱뼈를 깎고 코 수술을 할 것이다.
그때가 되기 전까지는
그녀 혼자 있게 내버려 두라.

그리고 또다른 여자는 집안일 때문에 시간이 없다.
아이들을 다 키우고 나면
그때 그녀는 자신의 인생을 살 것이다.
그때가 되기 전까지는
계속 집안일에 매달릴 수밖에 없다.
자신이 원하는 일을 뒤로 미루면서.

이들 모두가 어떤 계기를 만났다면
틀림없이 자신의 인생을 사랑하고
모든 사람을 사랑했을 것이다.
더불어 그들의 영혼도 성장했을 것이다.
하지만 그들은 너무 오래 기다렸다.
왜냐하면 그들 모두 죽었으니까.

덕 시니어

죽기 전에 꼭 해볼 일들

혼자 갑자기 여행을 떠난다.
누군가에게 살아 있을 이유를 준다.
악어 입을 두 손으로 벌려 본다.
2인용 자전거를 탄다.
인도 갠지스 강에서 목욕한다.
나무 한 그루를 심는다.
누군가의 발을 씻어 준다.
달빛 비치는 들판에서 벌거벗고 누워 있는다.
소가 송아지를 낳는 장면을 구경한다.
지하철에서 낯선 사람에게 미소를 보낸다.
특별한 이유 없이 한 사람에게 열 장의 엽서를 보낸다.
다른 사람이 이기게 해준다.
아무 날도 아닌데 아무 이유 없이 친구에게 꽃을 보낸다.
결혼식에서 축가를 부른다.

데인 셔우드

나는 내가 아니다

나는 내가 아니다.
눈에는 보이지 않아도
언제나 내 곁에서 걷고 있는 자,
이따금 내가 만나지만
대부분은 잊고 지내는 자,
내가 말할 때 곁에서 조용히 듣고 있는 자,
내가 미워할 때 용서하는 자,
가끔은 내가 없는 곳으로 산책을 가는 자,
내가 죽었을 때 내 곁에 서 있는 자,
그 자가 바로 나이다.

후안 라몬 히메네스(라틴 아메리카 시인)

내 무덤 앞에서

내 무덤 앞에서 눈물짓지 말라.
난 그곳에 없다.
난 잠들지 않는다.
난 수천 개의 바람이다.
난 눈 위에서 반짝이는 보석이다.
난 잘 익은 이삭들 위에서 빛나는 햇빛이다.
난 가을에 내리는 비다.
당신이 아침의 고요 속에 눈을 떴을 때
난 원을 그리며 솟구치는
새들의 가벼운 비상이다.
난 밤에 빛나는 별들이다.
내 무덤 앞에서 울지 말라.
난 거기에 없다.
난 잠들지 않는다.

작자 미상

(신문 칼럼을 통해 저자를 찾는다고 하자 수십 명이 자신이 쓴 시라고 주장했다.)

빈 배

한 사람이 배를 타고 강을 건너다가
빈 배가 그의 배와 부딪치면
그가 아무리 성질이 나쁜 사람일지라도
그는 화를 내지 않을 것이다.
왜냐하면 그 배는 빈 배이니까.

그러나 배 안에 사람이 있으면
그는 그 사람에게 피하라고 소리칠 것이다.
그래도 듣지 못하면 그는 다시 소리칠 것이고
마침내는 욕을 퍼붓기 시작할 것이다.
이 모든 일은 그 배 안에 누군가 있기 때문에 일어난다.
그러나 그 배가 비어 있다면
그는 소리치지 않을 것이고 화내지 않을 것이다.

세상의 강을 건너는 그대 자신의 배를 빈 배로 만들 수 있다면
아무도 그대와 맞서지 않을 것이다.
아무도 그대를 상처 입히려 하지 않을 것이다.

장자(토마스 머튼 번역)

111

세상의 부부에 대한 시

머리가 둘인 백조가 있었다.
그래서 머리가 하나인 백조보다 더 빨리 먹을 수 있었다.

어느날인가
백조의 두 머리는 어느 쪽이 더 빨리 먹을 수 있나를 놓고
서로 싸우기 시작했다.
그래서 그들은 서로를 미워하기 시작했다.

한쪽 머리가 독이 든 열매를 발견하고는 말했다.
"난 더 이상 너와 함께 살 수 없어."
그러자 다른쪽 머리가 말했다.
"안 돼! 먹지 마! 네가 그걸 먹으면 우린 둘 다 죽어."
하지만 그 머리는 화가 나서 독 있는 열매를 삼켰다.

그렇게 해서 머리 둘 달린 백조는
죽고 말았다.

바바 하리 다스

한 친구에 대해 난 생각한다

한 친구에 대해 난 생각한다.
어느날 나는 그와 함께 식당으로 갔다.
식당은 손님으로 만원이었다.

주문한 음식이 늦어지자
친구는 여종업원을 불러 호통을 쳤다.
무시를 당한 여종업원은
눈물을 글썽이며 서 있었다.
그리고 잠시 후 우리가 주문한 음식이 나왔다.

난 지금 그 친구의 무덤 앞에 서 있다.
식당에서 함께 식사를 한 것이
불과 한 달 전이었는데
그는 이제 땅 속에 누워 있다.
그런데 그 10분 때문에 그토록 화를 내다니.

막스 에르만(17세기 시인. 사후에 그의 시들이 유명해져서 현재까지도 새롭게 발견된 시들
이 출간되고 있다.)

그는

그는 아무도 나를 사랑하지 않을 때
조용히 나의 창문을 두드리다 돌아간 사람이었다.
그는 아무도 나를 위해 기도하지 않을 때
묵묵히 무릎을 꿇고
나를 위해 울며 기도하던 사람이었다.
내가 내 더러운 운명의 길가에 서성대다가
드디어 죽음의 순간을 맞이했을 때
그는 가만히 내 곁에 누워 나의 죽음이 된 사람이었다.
아무도 나의 주검을 씻어 주지 않고
뿔뿔이 흩어져 촛불을 끄고 돌아가 버렸을 때
그는 고요히 바다가 되어 나를 씻어 준 사람이었다.
아무도 사랑하지 않는 자를 사랑하는
기다리기 전에 이미 나를 사랑하고
사랑하기 전에 이미 나를 기다린.

정호승

나무

사람들은 모두 그 나무를 죽은 나무라고 그랬다.
그러나 나는 그 나무가 죽은 나무는 아니라고 그랬다.
그 밤 나는 꿈을 꾸었다.
그리하여 나는 그 꿈 속에서 무럭무럭 푸른 하늘에 닿을 듯이
가지를 펴며 자라가는 그 나무를 보았다.
나는 또다시 사람을 모아 그 나무가 죽은 나무는 아니라고 그
랬다.

그 나무는 죽은 나무가 아니다.

천상병

다섯 연으로 된 짧은 자서전

1
난 길을 걷고 있었다.
길 한가운데 깊은 구멍이 있었다.
난 그곳에 빠졌다.
난 어떻게 할 수가 없었다.
그건 내 잘못이 아니었다.
그 구멍에서 빠져나오는 데
오랜 시간이 걸렸다.

2
난 길을 걷고 있었다.
길 한가운데 깊은 구멍이 있었다.
난 그걸 못 본 체했다.
난 다시 그곳에 빠졌다.
똑같은 장소에 또다시 빠진 것이 믿어지지 않았다.
하지만 그건 내 잘못이 아니었다.
그곳에서 빠져나오는 데
또다시 오랜 시간이 걸렸다.

3
난 길을 걷고 있었다.
길 한가운데 깊은 구멍이 있었다.
난 미리 알아차렸지만 또다시 그곳에 빠졌다.
그건 이제 하나의 습관이 되었다.
난 비로소 눈을 떴다.
난 내가 어디 있는가를 알았다.
그건 내 잘못이었다.
난 얼른 그곳에서 나왔다.

4
내가 길을 걷고 있는데
길 한가운데 깊은 구멍이 있었다.
난 그 둘레로 돌아서 지나갔다.

5
난 이제 다른 길로 가고 있다.

작자 미상

잠언시

세상의 소란함과 서두름 속에서 너의 평온을 잃지 말라.
침묵 속에 어떤 평화가 있는지 기억하라.
너 자신을 포기하지 않고서도
가능한 한 모든 사람과 좋은 관계를 유지하라.
네가 알고 있는 진리를
조용히 그리고 분명하게 말하라.
다른 사람의 얘기가 지루하고 무지한 것일지라도
그것을 들어 주라. 그들 역시 자신들만의 이야기를
갖고 있으므로.
소란하고 공격적인 사람을 피하라.
그들은 정신에 방해가 될 뿐이니까.
만일 너 자신을 남과 비교한다면
너는 무의미하고 괴로운 인생을 살 것이다.
세상에는 너보다 낫고 너보다 못한 사람들이 언제나 있기 마
련이니까.
네가 세운 계획뿐만 아니라
네가 성취한 것에 대해서도 기뻐하라.
네가 하는 일이 아무리 보잘 것 없는 것일지라도
그 일에 열정을 쏟으라.
변화하는 시간의 흐름 속에서

그것이 진정한 재산이므로.
세상의 속임수에 조심하되
그것이 너를 장님으로 만들어
무엇이 덕인가를 못 보게 하지는 말라.
많은 사람들이 높은 이상을 위해 노력하고 있고
모든 곳에서 삶은 영웅주의로 가득하다.
하지만 너는 너 자신이 되도록 힘쓰라.
특히 사랑을 꾸미지 말고
사랑에 냉소적이지도 말라.
왜냐하면 모든 무미건조하고 덧없는 것들 속에서
사랑은 풀잎처럼 영원한 것이니까.
나이 든 사람의 조언을 친절히 받아들이고
젊은이들의 말에 기품을 갖고 따르라.
갑작스런 불행에 자신을 지킬 수 있도록
정신의 힘을 키우라.
하지만 상상의 고통들로 너 자신을 고통스럽게 하지는 말라.
두려움은 피로와 외로움 속에서 나온다.
건강에 조심하되
무엇보다 너 자신을 괴롭히지 말라.
너는 우주의 자식이다.

그 점에선 나무와 별들과 다르지 않다.
넌 이곳에 있을 권리가 있다.
너의 일과 계획이 무엇일지라도
인생의 소란함과 혼란스러움 속에서
너의 영혼을 평화롭게 유지하라.
부끄럽고, 힘들고, 깨어진 꿈들 속에서도
아직 아름다운 세상이다.
즐겁게 살라. 행복하려고 노력하라.

막스 에르만

주위 여러분에게 드리는 말씀

인생의 마지막 순간이 오면
나는 자연스럽게 죽게 되기를 바란다.
나는 병원이 아니고 집에 있기를 바라며
어떤 의사도 곁에 없기를 바란다.
의학은 삶에 대해 아는 것이 거의 없는 것처럼 보이며
죽음에 대해서도 무지하니까.

그럴 수 있다면 나는 죽음이 가까이 왔을 무렵에
지붕이 없는 툭 트인 곳에 있고 싶다.
그리고 나는 단식을 하다 죽고 싶다.
죽음이 다가오면 음식을 끊고
할 수 있으면 마찬가지로 마시는 것도 끊기를 바란다.

나는 죽음의 과정을 예민하게 느끼고 싶다.
그러므로 어떤 진통제나 마취제도 필요없다.
나는 되도록 빠르고 조용히 가고 싶다.
회한에 젖거나 슬픔에 잠길 필요는 없으니
오히려 자리를 함께 한 사람들은 마음과 행동에
조용함과 위엄, 이해와 평화로움을 갖춰
죽음의 경험을 함께 나눠 주기 바란다.

죽음은 무한한 경험의 세계
나는 힘이 닿는 한 열심히, 충만하게 살아왔으므로
기쁘고 희망에 차서 간다.
죽음은 옮겨감이거나 깨어남이다.
삶의 다른 일들처럼 어느 경우든 환영해야 한다.

법이 요구하지 않는 한,
어떤 장의업자나 그밖에 직업으로 시체를 다루는 사람이
이 일에 끼여들어선 안 된다.
내가 죽은 뒤 되도록 빨리 친구들이
내 몸에 작업복을 입혀 침낭 속에 넣은 다음
평범한 나무 상자에 뉘기를 바란다.
상자 안이나 위에 어떤 장식도 치장도 해서는 안 된다.

그렇게 옷을 입힌 몸은
화장터로 보내어 조용히 화장되기를 바란다.
어떤 장례식도 열려서는 안 된다.
어떤 상황에서든
언제 어떤 식으로든
설교사나 목사, 그밖에 직업 종교인이 주관해서는 안 된다.

화장이 끝난 뒤 되도록 빨리 나의 아내가,
만일 아내가 나보다 먼저 가거나 그렇게 할 수 없을 때는
누군가 다른 친구가 재를 거두어
바다가 바라다보이는 나무 아래 뿌려 주기 바란다.

나는 맑은 의식으로 이 모든 요청을 하는 바이며,
이런 요청이 내 뒤에 계속 살아가는
가장 가까운 사람들에게 존중되기를 바란다.

스코트 니어링 (죽기 전에 남긴 유언에서)

인생을 다시 산다면

다음 번에는 더 많은 실수를 저지르리라.
긴장을 풀고 몸을 부드럽게 하리라.
이번 인생보다 더 우둔해지리라.
가능한 한 매사를 심각하게 생각하지 않을 것이며
보다 많은 기회를 붙잡으리라.

여행을 더 많이 다니고 석양을 더 자주 구경하리라.
산에도 더욱 자주 가고 강물에서 수영도 많이 하리라.
아이스크림은 많이 먹되 콩요리는 덜 먹으리라.
실제적인 고통은 많이 겪을 것이나
상상 속의 고통은 가능한 한 피하리라.

보라, 나는 시간 시간을, 하루 하루를
의미있고 분별있게 살아온 사람 중의 하나이다.
아, 나는 많은 순간들을 맞았으나 인생을 다시 시작한다면
나의 순간들을 더 많이 가지리라.
사실은 그러한 순간들 외에는 다른 의미없는
시간들을 갖지 않도록 애쓰리라.
오랜 세월을 앞에 두고 하루 하루를 살아가는 대신
이 순간만을 맞으면서 살아가리라.

나는 지금까지 체온계와 보온물병, 레인코트, 우산이 없이는
어느 곳에도 갈 수 없는 그런 무리 중의 하나였다.
이제 인생을 다시 살 수 있다면 이보다
장비를 간편하게 갖추고 여행길에 나서리라.

내가 인생을 다시 시작한다면
초봄부터 신발을 벗어던지고
늦가을까지 맨발로 지내리라.
춤추는 장소에도 자주 나가리라.
회전목마도 자주 타리라.
데이지 꽃도 많이 꺾으리라.

나딘 스테어(85세, 미국 켄터키 거주)

난 한 번에 단지 한 편의 시만을 사랑할 수 있다

이문재 (시인)

1

시는 한 편이 남고, 그 한 편의 시는 결국 한 줄의 문장으로 남는다. 시인들이 많고, 시인들이 쓴 시는 더 많다. 문학사는 수많은 시인들 가운데 몇몇을 길어올려 문학사를 이어나가지만, 문학의 역사에 남은 몇몇 위대한 시인들도, 후대 독자들에게는 한두 편의 시로, 아니 그 한두 편에서 '인용되는' 한두 문장으로 '살아 남는다'(시간을 이기고 문장이 살아 남기란 이렇게 어렵다. 그러니 함부로 쓸 일이 아니다).

백년 후에도 살아 남을 시를 쓰기 위하여 젊은 시인들은 밤을 지새우고, 술과 더불어 현재와 현실을 떠나 신화와 상징의 세계를 탐사하고, 깨인 눈으로 역사와 시대를 꿰뚫어 본다. 그러나 그 결과는 대개 불면증과 위장병, 결막염 같은 질병으로 나타나

거니와, 백년을 견디는 시는, 시인의 의지에 의해 선택되는 것이 아니다.

시간을 견뎌내고 세인들의 기억에 저장되어 수시로 울림을 울려내는 시. 그것이 이른바 명시일 터인데, 벌써 15년 넘게 시를 써온 나는, 일찍이 시는 단 한 편이 남는 것이고, 그 한 편도 결국 한 줄(혹은 하나의 이미지)로 남는다는 사실을 깨달은 바있어서, 부질없는 욕심을 내지 않는다. 그러나 단 한 가지 바람은 남아 있다. 잠언 한 줄—. 내 주위의 몇 사람만이라도 좋으니, 그들에게 입력되어 오래 기억될 잠언 한 줄 정도는 남기고 싶다는 소박한(그러나 이것이 어찌 소박한 소망이랴. 언감생심, 연목구어, 어불성설, 비육지탄이다) 꿈이 아직은 남아 있는 것이다.

또 하나의 희망은 쉬운 시를 쓰고 싶다는 것인데, 왜냐하면 시간을 견디고, 새롭게 등장하는 매체들의 공격을 이기고 살아남은 한 줄의 '명시'가 갖고 있는 공통적인 특징이 쉽다는 것이기 때문이다. 그러나 쉬운 시를 쓰고 싶다고 말하기는 쉬워도, 쉬운 시를 써야 한다는 꿈을 갖고 마음을 다지기는 쉬워도, 쉬운 시는 여간해서 쓰여지지 않는다.

쉬운 시, 즉 좋은 시는 아무나 쓸 수 없다. 쉬운 좋은 시는 가장 어려운 시인 까닭이다. 좋은 물의 기준이 무색, 무취, 무미이듯이, 좋은 쉬운 시는 모든 것을 의미하되 정작 시 그 자체로는 무색, 무취, 무미여야 한다. 다르게 말하면 흰 색의 도화지만이 모든 색깔을 받아들일 수 있다는 이치와 같다. 나는 무색 무취 무미도 아니고, 더욱이 하얀 종이는 더욱 아니어서 쉬운 좋은 시를 쓰지 못하고 있다. 여기서 먼저 십자가의 성 요한의 시 〈모든 것〉을 읽어보자.

　모든 것을 맛보고자 하는 사람은
　어떤 맛에도 집착하지 않아야 한다.
　모든 것을 알고자 하는 사람은
　어떤 지식에도 매이지 않아야 한다.
　모든 것을 소유하고자 하는 사람은
　어떤 것도 소유하지 않아야 하며,
　모든 것이 되고자 하는 사람은
　어떤 것도 되지 않아야 한다.
　자신이 아직 맛보지 않은 어떤 것을 찾으려면
　자신이 알지 못하는 곳으로 가야 하고,
　소유하지 못한 것을 소유하려면
　자신이 소유하지 않은 곳으로 가야 한다.
　모든 것에서 모든 것에게로 가려면
　모든 것을 떠나 모든 것에게로 가야 한다.
　모든 것을 가지려면
　어떤 것도 필요로 함이 없이 그것을 가져야 한다.

　앞으로 나는 이 〈모든 것〉을 쉬운 좋은 시를 쓰기 위한 좌우 명으로 삼을 작정이다. 나는 그동안 어떤 맛에 집착하고 있었고, 어떤 지식에 얽매여 있었으며, 어떤 것을 소유하고 있었고, 어떤 것이 되고자 했던 것이다. 이 시는 지금과는 다른 새로운 삶을 원하는 사람, 새로운 존재를 영위하고 싶은 모든 사람들이 가슴속에 새겨야 할 잠언이다(지은이를 밝히지 않았다면, 나는 이 시가 불가(佛家)에서 나온 것이라고 이해했을 터이다. 그런데 이 시는 기독교에서 나왔다. 놀라워라. 어떤 경지에 도달하면, 종교나 직업, 나이, 지역, 신분, 시대는 아무런 경계가 되지 못한다는 것을 이번 시집을 읽으면서 새삼 깨달았다).

2

시집 〈지금 알고 있는 걸 그때도 알았더라면〉의 가장 큰 특징은, 우리 식으로 말하자면 무명씨들의 시집이다. 그러나 그들은 문학사에서나 무명씨들일 따름이지, 자신의 삶에서는 개인사를 당당하게 완성한 위대한 개인들로 보인다. 삶과 사회, 인간과 자연의 관계의 핵심을 정확하게 꿰뚫고 있는 것이다. 나는 위대한 개인들의 목록을 작성할 때, 농부나 어부들을 누락시키지 않는다. 그들은 사람이 이웃, 나아가 자연과 더불어 살아가는 지혜를 온몸으로 터득하고 있기 때문이다. 다만 그들에게는 문자와 매체가 없었던 것이다. 난데없는 인용이 될른지 모르겠지만, 다음에 소개되는 '말씀'을 천천히 읽어보자.

곡석(곡식) 기르는 것과 자석(자식) 기르는 것이 매한가지여. 오리 새끼 기르는 것과 도야지 새끼 기르는 것도 다 한가지여. 내 속이 폭폭 썩지 않으면 아무 것도 자라지 않는 법이여. 내 자석들을 키울 때는 애를 나무 그늘에 재워 놓고 논일을 했었는디, 애가 깨서 울길래 일을 할 수가 없어서 애를 때려 주고 나도 울었어. 그놈들이 자라서 시방 도회지에 나가서 일 다니는데 명절 때는 돌아와. 내가 논에서 일할 때 퍼런 곡석들 틈으로 멀리서 논두렁길을 걸어오는 내 자석들의 모습이 보이면 눈물이 쏟아져서 치맛자락에 코를 팽팽 풀었지.

김훈·박래부 기자가 쓴 《문학기행》 2권 〈김용택—섬진강〉 편에 나오는 한 귀절로, 섬진강 유역의 시골에서 평생을 살아온 할머니의 넋두리이다(만일 내가 이 시집의 편집자였다면 나는 이 대목을 인용했을 것이다). 이처럼 한 곳에서, 한 가지 일에 평생을 투신한 무명씨들은 저마다의 잠언을 한 줌씩 갖고 있기 마련이다. 소위 문화라는 것이 유별난 것이 아니다. 이 무명씨들의 잠언을 모으고, 분류하고, 책으로 간직하는 한편, 여러 사람들에게 읽히도록 하는 일이 곧 문화다. 만일 이 무명씨들의 잠언을 무시하거나, 이들에 무지한 문화라면, 나는 그런 문화를 결코 지지하지 않을 것이다.

이번 시집에서 나는 〈어느 17세기 수녀의 기도〉를 사랑한다. 이 시는 이번 잠언시집의 여러 키워드 가운데 하나인 중용의 미학을 가장 아름답게 간직하고 있다. 내가 듣기로, 중용은 어줍잖은 타협이 아니다. 이쪽도 저쪽도 아닌 저울의 무게 중심을 가리키는 것도 아니다. 극과 극의 보색을 휘저어 놓은 회색도 아니다. 중용은 매우 예민한 긴장(장대를 들고 외줄타기를 하는 사람을 상상해보자)이다. 사려 깊으나 시무룩하지 않은 사람, 남에게 도움을 주되 참견하기를 좋아하지 않는 사람. 이같은 사람이 바로 중용을 실천하는 사람이다. 그러나 중용은 개념화하기는 쉬워도 중용으로 살기란 어렵다. 17세기 수녀의 기도가 바라듯이 '적당히 착하게' 살기란 얼마나 어려운가(하기야 그것이 쉬웠다면 기도에 포함되었겠는가).

다음으로 이번 시집의 큰 특징은 가정법과 반어법이 자주 등장한다는 것이다. 가정법이 많은 삶은 불행한 삶이다. 가정법을 자주 구사하는 삶은 이미 너무 늙었거나, 너무 어린 나이일 것이고, 성취하고자 하는 삶의 목표들이 너무 많다는 증거이다(그러나 가정법의 문장을 전혀 구사하지 않는 삶처럼 메마르고 황폐한 삶이 또 어디 있으랴). 시집 제목부터 가정법이거니와, 이 가정법들은 자신이 살아온 삶에 대한 후회와 반성으로 우선 읽히지만, 이 후회와 반성은 곧 삶에 대한 통찰과 지혜로 거듭난다.

시 〈지금 알고 있는 걸 그때도 알았더라면〉의 지은이의 삶을 보자. 그는 가슴이 말하는 것에 귀기울이지 않았고 즐겁게 살지 않았으며, 고민이 많았다. 다른 사람들이 자신을 어떻게 평가하는지 늘 신경을 썼고, 덜 놀았으며, 많이 초초해했다. 사랑에 열중하지 않았으며, 결말에 큰 비중을 두었다. 매사에 용기가 부족했고, 타인에게서 나쁜 점만을 발견했고 춤추지 않았으며 입맞춤과 육체를 경원했다. 이 시의 삶과 우리의 삶은 어떻게 다른가. 내가 보기에 거의 다르지 않다. 그러므로 이 시의 지은이가 구사한 가정법은 곧 우리들의 가정법이다. 지은이와 우리들 사이에 차이가 있다면, 우리가 조금 더 행복하다는 것뿐이다. 왜냐하면 그의 시를 읽고 우리가 조금이나마 우리 삶의 길에 커브를 줄 수 있기 때문이다.

3

잠언이란 무엇인가. 그것은 위대한 영혼의 순간적인 대오각
성(이것은 게송이다)이라기보다는 평범한 삶들 속에서 수시로
발생하는 수많은 시행착오의 축적이다. 그러니까 잠언은 시대
와 역사의 검증을 받고 살아남은 금강석과 같은 지혜이다. 이번
시집에 담겨 있는 잠언들은 더욱 그렇다.

잠언이 없는 시대, 잠언이 없는 민족, 잠언이 없는 문화는 불
우하다. 그러한 시대와 민족, 문화는 불구이다. 잠언이 없는 문
화보다 더 절망적인 사태는 잠언이 있음에도 불구하고 그 잠언
을 거들떠 보지 않는 사태이다. 한 개인의 성장은 무수한 잠언
의 간섭과 개입으로 이루어진다. 어른에게 주어진 임무는 곧 잠
언을 기억하고 그때그때 아이들에게 잠언을 주입시키는 역할이
다. 한 민족, 한 시대 또한 그때마다 거대한 잠언(이념)의 지휘
를 받는다.

인디언에서 수녀, 유대의 랍비, 회교의 신비주의 시인, 걸인,
에이즈 감염자, 유명한 시인, 가수 등 지역과 시대를 뛰어넘어
이들이 남긴 잠언시의 핵심은 우선 자기 자신으로 돌아가라는
권유이다(물론 장자의 〈빈 배〉처럼 자기 자신을 버리라는 충고도
있다). 그리고 삶의 직접성을 경험하되 상상력의 위력을 홀대하
지 말라고 제안한다. 작은 것이 크고, 낮은 곳이 높다는 역설을
이해할 때, 겨우 소유하는 삶이 풍성한 존재를 불러오는 근본의
조건이라는 반어법을 이해할 때, 이 잠언시들은 유전자 속에까
지 기억된다. 소유의 분량이 아니라 존재의 부피로 가늠되는 삶
이 있는 것이다.

잠언은, 그러니까 좋은 쉬운 시는 관찰에서 나온다. 관찰은 자기 자신을 비우는 일이며, 관찰자와 관찰되는 대상 사이의 거리를 인식하는 행위이다. 관찰되는 대상과 관찰자가 하나가 되었다가(교감 혹은 대화하기) 다시 자기 자신으로 돌아오는 여행의 과정이기도 하다. 여기에 실린 잠언시들은 매우 탁월한 관찰 기록이기도 한 것이다.

마더 테레사의 〈한 번에 한 사람〉은 자신의 삶의 방식에 대한 냉정한 관찰이지만, 따뜻하고 오랜 울림을 남긴다. '난 결코 대중을 구원하려 하지 않는다/난 다만 한 개인을 바라볼 뿐이다/난 한번에 단지 한 사람만을 사랑할 수 있다'. 얼마나 쉽고 좋은가. 사랑의 생태학을 종에 비유한 〈사랑은〉도 마찬가지다. '종은 누가 그걸 울리기 전에는/종이 아니다'라는 발언은 읽기에는 쉬워도 여간만한 관찰과 사유를 거치지 않고는 쓰기 어려운 경지이다.

그렇다고 모든 잠언시들이 심각한 것만은 아니다. 때로 위대한 선각들은 눈물이 아니라 웃음으로 잠든 영혼의 뒤통수를 후려 친다. 18세기 일본의 선승이 남긴 2행시 〈벼룩〉을 보자. '그대 벼룩에게도 역시 밤은 길겠지/밤은 분명 외로울 거야'. 벼룩 한 마리를 지켜보면서, 벼룩과 자신의 삶의 한 국면을 동일시하는 모습이 눈에 선하다. 벼룩에게 던지는 농담 한 마디를 통해 그 선승은 길고 외로운 밤을 극복하는 것이다. 바로 뒤에 실린 〈술통〉도 그러하다. '내가 죽으면/술통 밑에 묻어 줘/운이 좋으면/밑둥이 샐지도 몰라'. 나는 수많은 애주가(愛酒歌) 가운데 이렇게 아름다운 애주가를 들어보지 못했다. 〈도둑에게서 배울 점〉은 반어의 웃음을 자아내고 〈내가 배가 고플 때〉는 종교와 지식에 대한 야유에 가까운 풍자가 번득인다. 〈수업〉에는 예수로 하여금 눈물을 흘리게 하는 어리석은 제자들의 '슬픈 웃음'들이 가득하다.

4

잠언은 관찰에서 나오고, 잠언은 수많은 시행착오를 거쳐 정련된 문화의 절정이라고 말했지만 그것만으로는 뭔가 부족하다. 잠언은 실로 감당하기 어려운 아픔의 상처들이기도 하다. 특히 죽음이나 이별 앞에서 잠언은 태어난다. 월남전에서 남편을 잃은 한 여인의 낮은 목소리로 이루어진 〈당신이 하지 않은 일들〉은 빼어난 단편소설을 읽고 났을 때의 맑은 슬픔을 일러준다. '하지만 당신은 돌아오지 않았어요'라는 마지막 문장을 읽고 나면, 툭, 하고 맑은 눈물 한 방울이 떨어진다.

이 잠언시들을 가장 아름답게 읽는 방법은 이 시집 안에 들어 있다. 〈들어주세요〉라는 시. 이 시 앞에서, 시집 뒤에 덧붙는 이 해설은 부끄럽고 부질없다. 이 잠언시들은, 독자를 위한 안타까운 고백이고, 정갈한 대화이며, 마음 깊은 곳에서 우러나오는 기도이다. 이 고백과 대화, 그리고 기도가 끝날 때까지 독자들은 침묵 속에서 가만히 기다리고 있어야 한다. 함부로 끼여들지 말 일이다. 여기에다 마더 데레사의 〈한 번에 한 사람〉을 '난 한 번에 단지 한 사람만을 사랑할 수 있다'를 '난 한 번에 단지 한 편의 시를 사랑할 수 있다'로 고쳐 읽을 수 있다면, 더할 나위 없는 잠언시 감상법이 될 터이다. 〈들어주세요〉는 다음과 같이 부탁하고 있다.

기도가 사람들에게 도움을 주는 것은
아마 그런 이유 때문이겠죠.
왜냐하면
하나님은 언제나 침묵하시고
어떤 충고도 하지 않으시며
일을 직접 해결해 주려고도 하지 않으시니까요.
하나님은 다만 우리의 기도를
말없이 듣고 계실 뿐,
우리 스스로 해결하기를 믿으실 뿐이죠.
그러니 부탁입니다.
침묵 속에서 내 말을 귀기울여 주세요.
만일 말하고 싶다면,
당신의 차례가 올 때까지 기다려 주세요.
그러면 내가 당신의 말을
귀기울여 들을 것을
약속합니다.

(그런데, 내가 늙어서 이 시집을 다시 읽게 될 때, 이 시집 제목
이 '그때 알고 있던 걸 지금 알 수 있었더라면'이거나 '내가 알고
있던 걸 한두 가지라도 실천할 수 있었다면'으로 보인다면 어찌할
것인가. 벌써부터 걱정이다.)

지금 알고 있는 걸 그때도 알았더라면

초판　1쇄 발행　1998년 4월 10일
초판 145쇄 발행　2025년 1월 13일

지은이　류시화
펴낸이　정중모
펴낸곳　도서출판 열림원
출판등록　1980년 5월 19일(제406-2000-000204호)
주소　경기도 파주시 회동길 152
전화　031-955-0700
팩스　031-955-0661
홈페이지　www.yolimwon.com
이메일　editor@yolimwon.com
인스타그램　@yolimwon

ISBN 978-89-7063-833-1　03810

We would like to acknowledge the publishers and poets for permission to use their poems. However, we were unable to find the copyright holders of several poems. If you are, or if you know, the authors or copyright holders, please contact us and we will properly credit you and reimburse you for your contribution.

* * *

이 책에 실린 시들은 해당 출판사와 시인들에게 한국내 번역 출판을 허락받았으나 어떤 시들의 경우는 그 저작권자를 찾기가 어려웠습니다. 그 시들의 저자나 출판사가 연락을 주시면 다시 게재 허락을 받고 사용료를 지불하겠습니다.